Un Barrage contre le Pacifique

FichesdeLecture.com

Un Barrage contre le Pacifique (Fiche de lecture)

I. INTRODUCTION

Un barrage contre le pacifique est un roman de Marguerite Duras publié en 1950. Deux adaptations cinématographiques furent tirées du roman : l'une fut portée à l'écran sous la direction de René Clément en 1958 ; L'autre, sortie en 2008, fut réalisée par Rithy Panh.

Adepte de la mouvance du Nouveau Roman, les écrits de Duras sont volontiers sombres et difficiles à lire. Mais peut-être est-ce parce qu'elle explore les méandres et les plus insoupçonnés recoins de l'âme humaine.

D'inspiration autobiographique, le roman nous plonge au cœur de l'Indochine, opposant les misères et difficultés de la vie paysannes aux avancées luxuriantes du monde colonial. La narration se construit tantôt sur les motifs de la misère paysanne, tantôt sur le luxe de ces « envahisseurs » blancs venus dirait-on d'autres contrées où le luxe coule sans fin. Car ce roman est un roman de l'adversité, du combat de la force de la nature contre les mesures dérisoires prises par les gouvernements corrompus. Il raconte la vie d'une famille ordinaire, celle d'une institutrice qui élève ses deux enfants. Confrontée rapidement aux problèmes économiques qu'engendrent les dégâts de Mère Nature, cette famille devra lutter, comme elle le peut et non sans sacrifices, contre la pauvreté et la misère.

II. RÉSUMÉ DE L'ŒUVRE

Nous sommes en 1920. Au cœur de la plaine de Ram, région du Sud de l'Indochine, une veuve malade élève ses deux enfants, Joseph et Suzanne, jolie adolescente d'une vingtaine d'années. La famille vit modestement dans un bungalow situé sur les bords d'une plaine marécageuse. Suzanne, séductrice et ambitieuse, porte à bout de bras sa mère malade et sombrée dans la folie. Quelques années plus tôt, celle-ci avait racheté dans des conditions misérables, une concession située au bord du Pacifique. Elle y avait placé toutes ses économies. Trompée, par les administrateurs du cadastre à qui elle avait acheté l'affaire, elle ne peut que déplorer, à chaque montée des eaux salées, les désastres que celles-ci occasionnent, rendant impossible toute culture. Soutenue par les paysans et agriculteurs de la région, elle essayera de poursuivre les administrateurs du cadastre, en vain. Dans un dernier espoir, elle tentera de faire face au désastre, toujours accompagnée de ces paysans bienveillants, en construisant des barrages contre le Pacifique. Mais ceux-ci ne suffirent guère, et trop peu résistants, ils s'effondrèrent, une nuit, rongés par les crabes.

Par l'unique piste restante de ce domaine rongé par les eaux, débarque un beau jour un certain Mr Jo. C'est un homme riche, détenteur d'une voiture luxueuse, richement vêtu, mais laid. Très vite, il tombe amoureux de la fille de la maison, Suzanne. Amoureux fou d'elle, les visites quotidiennes se multiplient, il lui offre monts et merveilles, bijoux, produits de luxe et un phonographe. Par amour, il ira jusqu'à lui offrir une bague surmontée d'un diamant, au cœur duquel est logé un crapaud. Malgré ses efforts, il ne peut qu'espérer, chaque jour, apercevoir la silhouette nue de la jeune fille lorsqu'elle prend sa douche. Suzanne n'à que faire de cet amour qu'elle ne partage pas. Pourtant, sa mère, dont la pauvreté s'accroît, y voit un bon parti. Mais le dernier présent offert à Suzanne, ce fameux diamant, suffit à repousser définitivement les avances de cet homme, et la famille suggère de revendre le bijou au meilleur prix, à la ville.

C'est ainsi que toute la famille s'engage sur les chemins qui les mènent à la cité urbaine. Tandis que la mère s'efforce d'obtenir un bon prix de la bague, Joseph, de son côté, rencontre de jolies jeunes femmes. Suzanne fait la rencontre de Carmen, gérante d'hôtel, en qui elle trouve amitié et soutient. Profitant des libertés que lui offre la ville, elle passe ses soirées dans les cinémas. Elle fait alors la rencontre d'un nouvel homme âgé, représentant d'une firme à Calcutta. Attiré par la jeune fille, lui portant beaucoup d'attention, il semble surtout à la recherche d'une jeune fille française à marier et encore vierge. Y voyant une opportunité à saisir, la mère tentera désespérément de lui revendre la bague au diamant. Mais devant un tel acharnement et tant d'immoralité, le vieil homme se décourage.

Joseph fit la rencontre de Lina, jeune fille qui accepta la revente de la bague, et, dans un geste de générosité, la lui rendit de suite. Amoureuse, elle lui en offre vingt mille francs. Grâce à cette somme, les dettes contractées par la mère des deux jeunes peuvent être épongées. L'histoire se poursuit par le récit de Joseph, commentant à souhait sa rencontre avec Lina au cinéma, femme en réalité mariée. Après de folles nuits d'amour, elle promet de revenir chercher Joseph. Cette attente durera un mois, délais après lequel il quittera la concession en sa compagnie. Suzanne attire à elle de nombreux prétendants. Mais ce sera la rencontre de Jean Agosti qui sera déterminante. Les sentiments amoureux qu'elle éprouve pour ce jeune garçon sont de plus en plus forts, et c'est à lui qu'elle offrira sa virginité. Bien qu'amoureuse, elle désire quitter les lieux.

Le récit se termine par la mort de la mère. Jean, qui a perdu sa maîtresse et la femme qu'il aimait, alors décédée elle aussi, quitte la concession en compagnie de Suzanne.

III. PRÉSENTATION DES PERSONNAGES PRINCIPAUX

La mère

C'est une figure romanesque déjà présente dans *l'Amant*. Dans ce roman, *Un barrage contre le Pacifique*, elle représente le pilier familial, force qui assure tant bien que mal l'équilibre de son monde. Elle est le modèle de la femme qui lutte. Lutte d'abord contre elle-même et sa déchéance, lutte aussi pour garder à ses côtés ses deux adolescents, qui rêvent de quitter cette vie précaire pour rejoindre la ville, lieu de tous les possibles et de tous les rêves.

Suzanne

Jeune et jolie adolescente, Suzanne se présente comme une jeune fille séductrice et forte, soutenant sa mère dans les épreuves.

Joseph

Joseph est un personnage doux et séducteur. Il tentera, tout comme Suzanne, de revendre la bague offerte par Mr Jo, vieil homme et soupirant de cette dernière afin de tirer sa mère des ennuis financiers. Il tombe amoureux d'une jeune fille, Lina, qui lui promet de le tirer d'affaire.

IV. AXES DE LECTURE

Une écriture au plus près de la parole

Un barrage contre le Pacifique est un roman de la misère et de la dégradation humaine. Cette thématique se retrouve largement dans l'écriture. Le style de Duras est âcre, brut, et les mots employés sans détour ni poésie se font le reflet de vies brisées et misérables. Au-delà de cet aspect, le quotidien est parfois décrit avec beaucoup de lyrisme, mais sur un ton plutôt sarcastique et emprunt d'humour noir.

Un barrage contre le pacifique : entre espoir et désillusion

À lui seul, le titre semble plus qu'évocateur des forces et rivalités qui s'entrechoquent au fil de l'œuvre. Dans un espace-temps de quelques semaines, le récit retrace l'histoire d'un combat entre de puissances forces – symbolisées par le Pacifique – et la désillusion que symbolise le barrage, contre lequel viennent sans cesse frapper les vagues d'une mer déchaînée et qui finiront par l'emporter. La mère, vouée à la misère, est sans cesse accablée par les marées d'eau salée qui emportent avec elles le barrage qu'elle tente de construire en vain. Le barrage devient ainsi le symbole de la tentative humaine de maîtriser la fatalité des forces destructrices.

La part autobiographique

Un barrage contre le Pacifique est le premier roman de Margueritte Duras à retracer l'enfance de l'auteur en Indochine. C'est donc presque un « témoignage » que Duras livre au lecteur, ne manquant pas de dénoncer les misères et les oppressions du colonialisme. Mais en réalité, malgré la présence du décor colonial, c'est plus que cela qui se joue dans ce roman. En effet, le roman est la représentation d'un malheur familial : il est le premier volet de ce que Duras nomme « le roman de la mère », une série de romans liée à son enfance indochinoise.

Dans la même collection en numérique

Les Misérables
Le messager d'Athènes
Candide
L'Etranger
Rhinocéros
Antigone
Le père Goriot
La Peste
Balzac et la petite tailleuse chinoise
Le Roi Arthur
L'Avare
Pierre et Jean
L'Homme qui a séduit le soleil
Alcools
L'Affaire Caïus
La gloire de mon père
L'Ordinatueur
Le médecin malgré lui
La rivière à l'envers - Tomek
Le Journal d'Anne Frank
Le monde perdu
Le royaume de Kensuké
Un Sac De Billes
Baby-sitter blues
Le fantôme de maître Guillemin
Trois contes
Kamo, l'agence Babel
Le Garçon en pyjama rayé
Les Contemplations

Escadrille 80

Inconnu à cette adresse

La controverse de Valladolid

Les Vilains petits canards

Une partie de campagne

Cahier d'un retour au pays natal

Dora Bruder

L'Enfant et la rivière

Moderato Cantabile

Alice au pays des merveilles

Le faucon déniché

Une vie

Chronique des Indiens Guayaki

Je voudrais que quelqu'un m'attende quelque part

La nuit de Valognes

Œdipe

Disparition Programmée

Education européenne

L'auberge rouge

L'Illiade

Le voyage de Monsieur Perrichon

Lucrèce Borgia

Paul et Virginie

Ursule Mirouët

Discours sur les fondements de l'inégalité

L'adversaire

La petite Fadette

La prochaine fois

Le blé en herbe

Le Mystère de la Chambre Jaune

Les Hauts des Hurlevent

Les perses

Mondo et autres histoires

Vingt mille lieues sous les mers

99 francs

Arria Marcella

Chante Luna

Emile, ou de l'éducation
Histoires extraordinaires
L'homme invisible
La bibliothécaire
La cicatrice
La croix des pauvres
La fille du capitaine
Le Crime de l'Orient-Express
Le Faucon malté
Le hussard sur le toit
Le Livre dont vous êtes la victime
Les cinq écus de Bretagne
No pasarán, le jeu
Quand j'avais cinq ans je m'ai tué
Si tu veux être mon amie
Tristan et Iseult
Une bouteille dans la mer de Gaza
Cent ans de solitude
Contes à l'envers
Contes et nouvelles en vers
Dalva
Jean de Florette
L'homme qui voulait être heureux
L'île mystérieuse
La Dame aux camélias
La petite sirène
La planète des singes
La Religieuse
1984 A l'Ouest rien de nouveau
Aliocha
Andromaque
Au bonheur des dames
Bel ami
Bérénice
Caligula
Cannibale
Carmen

Chronique d'une mort annoncée
Contes des frères Grimm
Cyrano de Bergerac
Des souris et des hommes
Deux ans de vacances
Dom Juan
Electre
En attendant Godot
Enfance
Eugénie Grandet
Fahrenheit 451
Fin de partie
Frankenstein
Gargantua
Germinal
Hamlet
Horace
Huis Clos
Jacques le fataliste
Jane Eyre
Knock
L'homme qui rit
La Bête humaine
La Cantatrice Chauve
La chartreuse de Parme
La cousine Bette
La Curée
La Farce de Maitre Pathelin
La ferme des animaux
La guerre de Troie n'aura pas lieu
La leçon
La Machine Infernale
La métamorphose
La mort du roi Tsongor
La nuit des temps
La nuit du renard
La Parure

La peau de chagrin
La Petite Fille de Monsieur Linh
La Photo qui tue
La Plage d'Ostende
La princesse de Clèves
La promesse de l'aube
La Vénus d'Ille
La vie devant soi
L'alchimiste
L'Amant
L'Ami retrouvé
L'appel de la forêt
L'assassin habite au 21
L'assommoir
L'attentat
L'attrape-coeurs
Le Bal
Le Barbier de Séville
Le Bourgeois Gentilhomme
Le Capitaine Fracasse
Le chat noir
Le chien des Baskerville
Le Cid
Le Colonel Chabert
Le Comte de Monte-Cristo
Le dernier jour d'un condamné
Le diable au corps
Le Grand Meaulnes
Le Grand Troupeau
Le Horla
Le jeu de l'amour et du hasard
Le Joueur d'échecs
Le Lion
Le liseur
Le malade imaginaire
Le Mariage de Figaro
Le meilleur des mondes

Le Monde comme il va

Le Parfum

Le Passeur

Le Petit Prince

Le pianiste

Le Prince

Le Roman de la momie

Le Roman de Renart

Le Rouge et le Noir

Le Soleil des Scortas

Le Tartuffe

Le vieux qui lisait des romans d'amour

L'Ecole des Femmes

L'Ecume Des Jours

Les Bonnes

Les Caprices de Marianne

Les cerfs-volants de Kaboul

Les contes de la Bécasse

Les dix petits nègres

Les femmes savantes

Les fourberies de Scapin

Les Justes

Les Lettres Persanes

Les liaisons dangereuses

Les Métamorphoses

Les Mouches

Les Trois mousquetaires

L'étrange cas du Dr Jekyll et de Mr Hyde

L'Ile Au Trésor

L'île des esclaves

L'illusion comique

L'Ingénu

L'Odyssée

L'Ombre du vent

Lorenzaccio

Madame Bovary

Manon Lescaut

Micromégas
Mon ami Frédéric
Mon bel oranger
Nana
Ne tirez pas sur l'oiseau moqueur
Notre-Dame de Paris
Oliver twist
On ne badine pas avec l'amour
Oscar et la dame rose
Pantagruel
Le Misanthrope
Perceval ou le conte du Graal
Phèdre
Ravage
Roméo et Juliette
Ruy Blas
Sa Majesté des Mouches
Si c'est un homme
Stupeur et tremblements
Supplément au voyage de Bougainville
Tanguy
Thérèse Desqueyroux
Thérèse Raquin
Ubu Roi
Un Barrage contre le Pacifique
Un long dimanche de fiançailles
Un secret
Vendredi ou la vie sauvage
Vipère au poing
Voyage au bout de la nuit
Voyage au centre de la terre
Yvain ou le Chevalier au lion
Zadig

À propos de la collection

La série FichesdeLecture.com offre des contenus éducatifs aux étudiants et aux professeurs tels que : des résumés, des analyses littéraires, des questionnaires et des commentaires sur la littérature moderne et classique. Nos documents sont prévus comme des compléments à la lecture des oeuvres originales et aide les étudiants à comprendre la littérature.

Fondé en 2001, notre site FichesdeLectures.com s'est développé très rapidement et propose désormais plus de 2500 documents directement téléchargeables en ligne, devenant ainsi le premier site d'analyses littéraires en ligne de langue française.

FichesdeLecture est partenaire du Ministère de l'Education du Luxembourg depuis 2009.

Plus d'informations sur www.fichesdelecture.com

ISBN: 978-2-511-02921-3

Notes :